とろけゆく恋

詩情川柳

もくじ

とろけゆく恋

第1部

悦子　十九歳　大学一年生

恋の芽が思いつづける長い春

学園にあの人を見て恋騒ぐ

触りたい恋がふるえてしゃがんでる

あの日からどうしようもなく恋が泣く

青い恋まだとどかずに揺れている

好きだからはなれて覗き逃げている

夢のまま小さな恋を一つ持つ

この人とふくらみひらく恋扇

こんな夜は恋にたわむれ夢遊び

手のひらに好きと書いてみつる夜

この胸はひそかな恋が溜まるとこ

ゆさぶるも恋かくれんぼしらぬ顔

雨かたり夢とおしゃべり恋の日は

好きだから好きだけ見える浅い春

じゃれる恋足にからんでとおせんぼ

やはり好きこぼれあふれる恋しずく
雨垂れは好きよ好きよと愛でる音

だれも知らない恋が泣きじゃくる朝
待つ恋じらすまあだだよまあだだよ

恋しても恋しても尽きせぬ恋が
片恋がいまは心のしわになる

好きという思いにこもり悲しい日

友であり恋であり美しい距離

ほそる身に露のごとくに恋溜まり

ひとつだけ明日をくださいい手で包み

涙なか恋は浮いたり沈んだり
とじる封筒にそっと好きを入れる

愛たぐりすがりたいのと恋が泣く
奪いたい友の匂いも音も消し

この指にとまれあなたの恋ごころ
白き昼落ちてもいいと恋は飛ぶ

ひとつだけもらえるならばこの恋
あの人に触ってきてねと恋放す

かくれんぼかくれた恋が手をあげた
片恋のたまらなく好き歩みだす

耳すませば恋の足音ほらそこに
文くれば恋ゆったりと回りだす

恋羽ばたくゆうべの夢の高さまで

行間に好きがはみだし笑ってる

そっと触れかゆみを残すあなたの恋
好きと聞きおちる夕日もここちよく

彼がくる恋の駆けてる風がくる

触る手のこのささやき聞こえますか

手をとれば恋を含んだほそい指
この人の柔らかき手に恋は落ち

きらきらと泣く逢いたくて逢いたくて
好きほてり彼しか映らぬ水たまり

うれしさが街いっぱいに見える恋

好きなのと友に話せば恋は飛ぶ

待つ焦りどこに捨てるか恋の朝

日もすがら乳のあいまに恋たまる

好きだから膨らんでいく胸のもの
春なればゆるやかに着て彼の元

さわられてぽとり落ちるは恋の芯
肌あわす恋のしたたり聞くように

接吻は花びらを噛むように吸い

ここまでと線引き拒む幼恋

恋あがき夢がいったりもどったり
ぬるい春おぼれる恋に身をまかせ

ここからはないしょないしょの恋触り
雨唄い夢がおしゃべり恋の夜

恋しても恋してもつきせぬ恋が
愛されたい昨日も今日もそればかり

恋ふくれやっと抱えて夜すごす

恋が泣くうるさいぐらい泣いて朝

恋の色問われたらこの生きる色

逢いたくてひとりぼっちの影をける

少し泣くあなたが好きで少し泣く

柔らかい恋につつまれ毛糸編む

今日も来てゆるき接吻春だるき

キスすれば二人で入る恋の瓶

指切りで恋が泣きだす暗い朝
ふと眠る別れのくちづけ抱きかかえ

恋人のさしだす愛に嘘がもれ
貰った恋さきにかじった跡がある

好きだからちいさな嘘を今日も耐え
あの言葉からわたしの恋は迷子

ややこしく恋がからまり裏が見え
嘘つもりはがゆくとじる夢の界

くらやみに慣れて見えるは歪む恋

愛沈み夜はいつしか悔いの朝

まっすぐに恋できぬ日か人妬み
さわる手に愛の冷めゆく肌がある

聞くうわさ私の恋と同じ毒
あえぐ恋涙こぼさず萎れいく

恋風船明日をなくし萎れいく

背かれて恋の底には愛わずか

恋ずれてつなぐ糸切れ明日切れ
ここまでか恋を揺らして思うこと

あきらめも愛のひとつと雨がいう

さよならが恋に入って立っている

恋枯れるしがみつくよな涙目で
恋を脱ぎ悲しい石にもぐりこむ

だれもいないもういない恋壊し

泣く恋をあやしてこんな所まで

恋の傷ひとりになってふさぐ指
胸にある恋さぐる日はむなしくて

まどろむと又もなぜてる恋の傷

恋はおしまいひとりぼっちの刑に

恋さめて溶けた氷のなまぬるさ

恋の傷ゆるりゆったりとろけゆく

第2部

悦子　三十四歳　商社に勤務

三十路過ぎ座るはいつも恋の隅

雪とけてところどころに恋の音

雪の日に傘がさしだす恋の指

雪が降るはいりませゆるるの恋に
さわる手に熱き心の芯ふるえ

恋こぼれ愛こぼれいい人がいる
すり寄られ恋の匂いに肌が立つ

触る手の手のひらに柔らかき恋

ひとめぼれ赤い糸だとゆれ惑う

恋ならば吐け真っ赤なるいのちを
言い寄られぽとりと落ちる恋の音

恋もらす柔き男の手をにぎる

咲きたがる蕾をなぜる雪の風

恋持てばみなうつくしき逢う人は

恋ひとつ抱えきれずに焦る朝

あてどなく恋の柵からでられぬ夜

好きだから昨日も今日も恋の中

風が泣く逢いたい人はまだ遠い

逢いたさでふるえる夜は泣くのみか

朝の思慕ふくらみつづけ恋の夜

待つ人の足音とまり恋が鳴く

この人と恋する色にとろけとけ
口づけで好き好き好きの味を吸う

這いあがる指のすき間に恋が舞う

抱きあえばふたりつくづく恋のなか

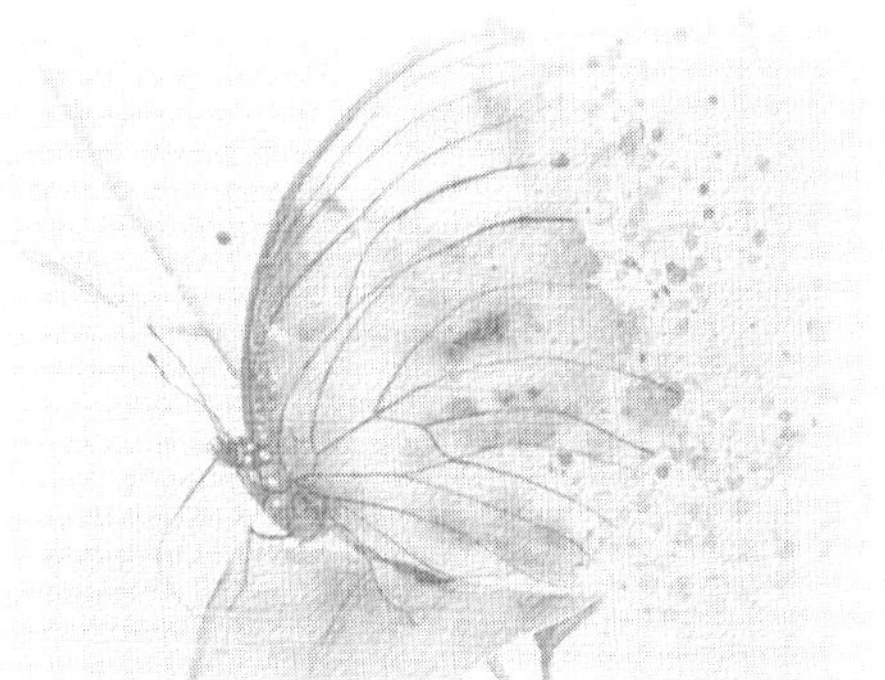

たれる恋あれから彼は胸に住む

ふるさとの恋の匂いの米をとぐ

抱かれたいそればっかりの夜が泣く
もう一度すがりたいのと恋が泣く

あの夜からしみじみからむ恋の糸
逢うてきてどこもかしこも恋ばかり

悲しげに肌に肌おく雪の夜

濡れおちて恋に浸った夜の脚

恋漏らす彼の指にマリッジリング
痒き胸ふいにひびいた罪の音

もらう恋どこか歪みて痛きもの

罪を越え身を透くように恋が泣く

待つ焦りどこに捨てるか恋の闇
抱き合えど今宵はうすい恋の色

ぽとりと落ちるは女ゆえの涙

まっすぐに歩けぬ恋に悲しむ夜

責められて夢まで濡らし恋洗う

酔えばそれ愚か女にもどる夜

さむ風と嫌みにうたれ恋は病む

好きだからしかたがないと耐える夜

聞こえくる疑惑であぶる恋の裏

恋かすれ鏡の位置を変えてみる

泣けるだけ泣いても溶けぬ恋が泣く
いとしくて憎いあなたの言葉呑む

待つ恋に嘘がまじって朝が泣く

偽りを恋にうずめて床を待つ

ねやでまつ時の遅さよときめきよ
いじられて恋はけずれて突き刺さる

抱きよせてからまる舌がはなす愛

なつかしく触るフクロは乳の下

抱き合えばふるえる恋に甘き罪

許さざる愛どこまでもまだら色

やみ夜なかこの息がこの声が好き

咬んだ傷舌でたどれば又抱かれ

みだれ髪乱れた夜の秘をひそめ

乳盗っ人紡ぐは愛と旅語る

ふるさとを通り抜けての不倫旅

不貞する女見つめる白い月

鳴く虫がくすぐるような鄙の宿

紡うもの罪の糸より愛の糸

奥様とよばれてうれしい忍び宿

恋あかり対のグラスに好き灯す

恋の宿くねくね落ちる帯の舞

肌さらし宿の造花をくわえ舞う

口吸うて夢のしたたる恋すくう

脱がされてみるみるうねる恋の波

恋ひとつ命ひとつと数える夜

肌をはう指のすきまに恋が舞う

泣けばいい泣けばなくほど恋が泣く

満たされてふと触る手に恋にじむ

仮寝する彼をさわって恋を聴く
しとねにと恋をふくんだ長い髪

湯があふれ隣にさわぐ乳の揺れ

浴衣から乳房こぼれる朝の膳

甘え子が大人にもどる恋の朝

爪たててあがくものあり別れ路地

あの夜から血のめぐるとこ恋が泣く

胸のなか裂いてみせたい恋たまる

恋が泣くうるさいぐらい泣いて朝
見つめれば恋の端には涙跡

燃えたぎる恋が重なり子を孕む

陽まぶしく胎児を愛の芯とする

胎児できどこかおかしく彼やつれ
抱きあった甘み泣いてる辛い朝

彼の目は子はいらぬ恋だけでいい

目をほそめ偽りの独楽廻りだす

逃げる手をつかみおとした冷たい手
階段を落ちる合間に鬼を見た

姫の雛抱いてあきたら転がされ

胎児消え夜ごとに怯え泣く女

二人寝てひとりよりもひとりぼっち

恋死んだ街の祭りのその前に

抱きあった布団泣いてる重い夜
さよならが沈んでいる椀の重さ

髪あらう白い思いになりたくて

死んだ児が夜ごとに起きる乳求め

彼は来ず端をそろえて畳む恋

重い恋やっと乗せてる泥の舟

恋の訃にやはりと笑う黒い友

恋は枯れ夜にはうずく水子傷

いとしいと触る手は消えもう独り

恋殺めひとすじごとに髪洗う

恋唄もほそく聞こえるさむい秋

失恋におかわいそうとたかる蝿

悲しみが詰まっているのか堕ちる花

冷えきった恋の固さを計る夜

なきがらと恋し添い寝のうざい夜
愛の底ゆらり建ってる恋の骸

日もすがら抱えているのは恋むくろ

恋消えて居どころさがす寺詣で

愛されず愛した部屋を閉めてでる
戸が閉まり開けてはならぬ恋となる

第3部

悦子　四十一歳　商店に勤務

もう四十路恋をけとばし働いて

淋しさで恋もバーゲン酒場では

酒のなか恋のやじろべ浮き沈み

去るもあり加わるもあり仮面の恋

割り要りて酒場でたらす恋の糸

足が浮く別れた彼に似た容姿

酔うすきま気まぐれ恋が胸触る

せっかちにワイン注ぐ手に淫の皺

酔いつぶれ待つは隣の影法師

嘘の芽をやさしくどけてワイン飲む

肌ふれて瞳の底で恋あばれ

呑んべいの裏に裏ありはずむ恋

愚女の印そっとかさねて彼触る

名も知らず一夜の恋か毒の花
巣を張った蜘蛛のよろこぶ餌になる

口吸うてひそめあそびの夢すくう

抱き寄せてからまる舌がはなす愛

切なさを重ねて盗む濡れた舌

線引かれ私の影が飛べぬ夜

おぼろ夜の恋に泣かされ時が過ぎ
逢える日は選ぶ肌着の値札取り

たらしあう恋でもいいと帯ゆるめ

乳房に手をあてさせて恋知らす

舌からめそっと噛む長いくちづけ

薔薇色の恋こぼさじとうつし呑む

むきだしの恋に浸ってやみに浮く
恋ひとつふたりで灯しほそき夢

ささやかれ抱かれた傷をなでる朝

指切りで恋が泣きだす別れ朝

あの夜から素顔のままで彼迎え
逢いたさが白刃踏むか今日の日も

一対の枕に睨まれ浴衣着る

待つあせりどこに隠すか火照る息

彼を待つ火の脚あがくぬるき床

背をむけて愛の言葉を待つ今宵

うなずいて女の夢でこもる床

まさぐられ鍵はずされて闇に落ち

恋にとけあなたにとろけとろり泣く

恋猫ときそい鳴くのか白い胸

狂い凧春の夜の夢とぎれとぎれ

雨よふれふれ恋の巣ごもりになれ

ひとり寝のまさぐる指は春の闇

さみしさに白桃むけば恋が泣く

淫らな恋抱えきれない重すぎて
欲しがるはこの躯だと思い寝る

彼よせる唇に女の匂い

ふと落とす手紙に好きの女文字

ふたまたをかけて恋され眼は虚ろ

膨らんだ恋のあせりに針ささる

触れないあなたの芯にだれかいる
恋に刺す不倫に染みた黒い薔薇

あてどなく恋の柵からでられぬ夜

恋錆びてつぎめつぎめに嫌な音

殺めたい恋をかかえて猫の葬

訃に似たる恋にどつかれ夜が過ぎ

恋あがき夢がいったりもどったり
鏡には飢えたる恋の貌がある

逢いたさがうなじくすぐる夜の風

花にある刺をゆるして血をなめる

もう一度すがりたいのと恋が泣く

逢う日まで残りの嘘をじっと待つ

秘す恋は蜜のからだと彼は来る

湧く恋に髪ぬらしまま部屋に入れ

息もがきふるえる恋に甘き罪

今はこれ抱擁だけであとは闇

あの夜から足がおしゃべり恋の夜

ぴったり合っている折り紙の恋

まどろみはうれしいあなたのひざ枕
目覚めれば恋さわる手に恋映える

ある人より遅れし恋が罪の恋
致死量の毒飲むように恋を飲む

敷布には淡くかすんだ恋の彩
去る人の背にはどんより妻の影

抱き合えど乳房にある帰る刻
恋渇きメールの底には別れ見え

恨むもの今宵のうすい恋の彩

好きという思いが逃げる悲しい日

嘘ばかり字幕のごとく変わる愛

抱擁がやせてちぢまる昼の恋

床のなか愛をさぐるが愛は逃げ
ことすめば隣の寝息に恋は消え

夜のこと朝には殺め棺にいれ
この愛に埋もれて生きる性悲し

雨の日におのれ呪うて枯れる花
いっしんに恋を寝かせる淋しい日

さりげなく心中を語る彼の息
死にたいと赤いマフラーで手をつなぎ

泣く女恋をはさんで泣く男

死を望む恋とはなにか明日見えぬ

冥土へと私を連れてなぜ逃げる
好きだからしかたがないと風が言う

愛沈み夜はいつしか悔いの朝
死ぬ恋をとどめるため日記書く

恋人は独りで飛んだどぶ川に
どぶ川に赤いマフラーの人浮かぶ

何ゆえに自死を選ぶか恋残し
砕かれる恋にしたたる血の涙

涙拭き恋のむくろに添い寝する
死し恋を柩にいれる暗き朝

抱きおうた今の自分に恨みもつ
もう夜は咲かない花になると決め

死が見えず生も見えずに紅を引く

恋歌がつれてくるのは死んだ彼

今宵又すわりたてつく逝った恋
愛もろし割られた恋は虚無の色

半分の恋のかたわら爪を切る

朽ちた恋うすく重ねて床につく

恋消えて酒が替わりに人を抱く

恋の悔いしずかに染みて夜があける

あの恋もこの恋も枯れ果てて冬

洗面に枯れ果てた彼の歯ブラシ

ぬぎ捨てた恋をひきずり独り旅

夕焼けに胎児殺しを許す色

恋の骸捨て場さがしの冬の海

さよならと素足できざむ砂の文字

恋欲しい男欲しいで白い墓

世をすねて恋すねて花すねて今

あとがき

川柳で物語りを書けるのか

そんな事は、無理だと思っているから誰も書こうとはしなかった
書けるだろうと思ったから私はその挑戦に臨んでみた
その結果がこの川柳集だが
その評価は、この川柳集を読んでくださる人が下してくれる事
無駄な努力でしたと云われるなら
そうでしたかと頭をたれるしかない。

書いてみて実感したことは
川柳で物語を紡いでいくと
どうしても物語の展開を説明する句が必要となって来る
この説明の川柳は、制約があるためにつまらない川柳になる傾向が強く
それを克服するには、天才的才能を要求されることが解った。

ひらがな詩人と自称している私として詩作技巧の応用と詩情の味付けで
この難関を切り抜けようと意図したが
十七字で書くと云う川柳の特性に憚れ思うように筆は、進まない。

そんなに甘いものでは無かった

だが、五年も待つこと無く
Chat GPTが
この難題を見事にやり遂げてくれると思っている
楽しみに待っています。

この川柳物語の制作にあたり
画家の池田俊雄さん、デザイナーの小松詔男さんにお世話になりました。
その芳情に深く感謝、お礼をいつまでも心に刻んでおります。

著者紹介

絲　心句（伊藤　清隆）

東京都出身
東京理科大学　中退
立教大学　卒業

【著書】　いとう　きよたか●詩人

「涙よいつまでも流れるがよい」（詩集　一九八二年十一月　総和社）
「どこまでも愛していたい」（詩集　一九九二年十二月　メディアボックス社）
「生きているのだから」（詩集　二〇一〇年十月　メディアボックス社）
「老いてきたのだけど」（詩集　二〇一九年十一月　メディアボックス社）

■東京都品川区大井三丁目　在住

詩情川柳
とろけゆく恋
○
2023年9月1日　初　版
著　者
絲　心句（伊藤清隆）
発行人
松　岡　恭　子
発行所
新　葉　館　出　版
大阪市東成区玉津1丁目9-16　4F　〒537-0023
TEL06-4259-3777（代）　FAX06-4259-3888
http://shinyokan.jp/
○
定価はカバーに表示してあります。

ISBN978-4-8237-1089-6